세상에서 가장 따뜻했던 저녁

시 복효근

1991년《시와 시학》으로 작품 활동을 시작하였으며 시집《예를 들어 무당거미》,《중심의 위치》, 청소년 시집《운동장 편지》, 동시집《나도 커서 어른이 되면》, 시선집《어느 대나무의 고백》, 디카시집《허수아비는 허수아비다》,《사랑 혹은 거짓말》, 교육 에세이집《선생님 마음사전》 등을 출간하였다. '신석정문학상', '박재삼문학상', '한국작가상', '디카시 작품상' 등을 수상하였다. 중·고등학교 교과서에 〈버팀목에 대하여〉, 〈세상에서 가장 따뜻했던 저녁〉, 〈절친〉 등 여러 편의 시 작품이 실려 있어 청소년과 만나고 있다.

그림 젤리이모

계절이 변하는 산을 바라보며 새콤달콤한 그림을 그린다. 쓰고 그린 책으로《무궁화꽃이 피었습니다!》,《달빛 청소부》 등이 있고, 그린 책으로는《팔랑팔랑 코끼리》,《박남옥과 최은희》,《엄마 손은 똥 손》,《안녕, 작은 별 손님》,《산타 할아버지 우리 집에 오지 마세요》 등이 있다.

세상에서 가장 따뜻했던 저녁

1판 1쇄 2025년 3월 10일

시 복효근 그림 젤리이모

펴낸이 모계영 펴낸곳 가치창조 출판등록 제406-2012-000041호
주소 경기도 고양시 일산동구 중앙로1347, 228호(장항동,쌍용플래티넘)
전화 070-7733-3227 팩스 031-916-2375 이메일 shwimbook@hanmail.net
ISBN 978-89-6301-406-7 (43810)

가치창조 공식 블로그 http://blog.naver.com/gachi2012
단비청소년은 가치창조 출판그룹의 청소년책 전문 브랜드입니다.

세상에서 가장 따뜻했던 저녁

복효근 시 · 젤리이모 그림

단비청소년

시인의 말

33년 동안 청소년과 웃고 울면서

청소년이 되어 더불어 살았습니다.

그 덕에 이 시집 속의 시적 화자를 청소년으로 삼을 수 있었습니다.

청소년기는 어린이와 어른 사이에 끼인

어중간한 지대가 아닙니다.

그 나름의 문화와 언어와 정체성이 있습니다.

그 속에 감추어진 무한한 에너지와 가능성을 보았습니다.

꿈과 끼가 넘치는 가장 아름다운 시기입니다.

어른의 눈이 아닌

오늘, 지금 청소년의 눈으로 청소년을 보고 싶었습니다.

이 시집은 청소년에게

"니가 옳다."고 응원하는 응원가입니다.

이전에 펴낸 시집에서 간추리고 보강하여 개정판을 내게 되었습니다.

믿음으로 기회를 주신 단비청소년 대표님께 감사드립니다.

2025년 2월 복효근

차례

1부 세상에서 가장 따뜻했던 저녁

2부 짝사랑의 각도

3부 이의 있습니다

4부 죽은 새의 나라

5부 라면론 & 떡복이론

1부

세상에서 가장 따뜻했던 저녁

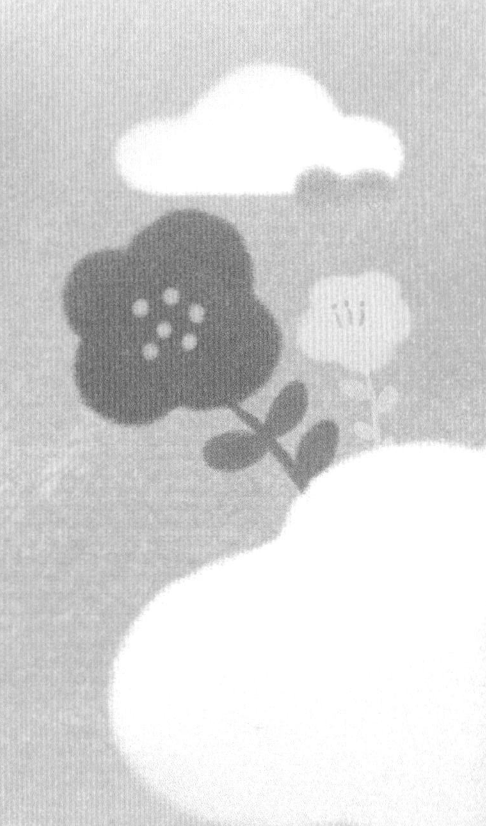

세상에서 가장 따뜻했던 저녁

어둠이 한기처럼 스며들고
뱃속에 새끼 붕어 두어 마리 요동을 칠 때

학교 앞 버스 정류장을 지나는데
먼저 와 기다리던 선재가
내가 멘 책가방 지퍼가 열렸다며 닫아 주었다.

아무도 없는 집 썰렁한 내 방까지
붕어빵 냄새가 따라왔다.

학교에서 받은 우유 꺼내려 가방을 여는데

아직 온기가 식지 않은 종이봉투에

붕어가 다섯 마리

내 열여섯 세상에

가장 따뜻했던 저녁

열여섯 야외 수업

다음 주 미술 시간까지 땡겨 와
오늘은 두 시간 연속 미술 시간
올해 처음 야외 수업이다.

풍경화를 그리는데
우리 학교 하늘에도 새가 날고
이렇게 많은 바람이 와서 놀고 가는 줄 처음 알았다.

5월의 나뭇잎 사이로
구름이
햇살이

그리고
내 마음 안에서 무언지 모를
그, 리, 움 같은 것이 살고 있는 줄도 처음 알았다.

내 안에서도 꿈 같은 것이
꿈틀거리고 있는 줄도 처음 알았다.
괜히 살, 고, 싶, 어, 진, 다

절친

내 건 검은색에 흰 줄
진영이는 하늘색에 흰 줄

진영이와 나는 슬리퍼 한 짝씩 바꿔 신었습니다.
나는 내 것 왼쪽에 진영이 것 오른쪽
진영이는 내 것 오른쪽에 진영이 것 왼쪽

서로의 절반씩을 줘 버리고 나니
우린 그렇게 절반씩 부족합니다.

서로의 부족한 절반을 알고 있기에
그 서로의 반쪽이 우리를 하나로 묶어 주었습니다.

한쪽 날개밖에 없는 두 마리 새가 만나
두 날개로 하나 되어 날아간다는 비익조처럼
우린 둘이서 하나입니다.

실내화 한 짝씩 바꾸어 신었을 뿐인데
내가 두 개가 된 느낌
내가 두 배가 된 느낌

힘도 꿈도 깡도

하나이면서 둘인, 둘이면서 하나인

온 세상이 온통 우리 것 같은 느낌입니다.

하늘도 낮아요

어떻게 슬리퍼가 맨날 옥상에 올라가고
체육복이 체육관 지붕에 올라간단 말이냐.
도저히 이해할 수가 없구나.
고개를 내두르시는 선생님

그것뿐인 줄 아세요?
우리들 마음은
저 하늘 구름을 올라타고 있어요.
그것까지 내려 달란 말은 안 할게요.

올챙이 적 생각 좀 하세요.
10년 20년 전에
선생님 신발과 실내화는 책가방은
신발장에 책상 옆에 가지런히 있었나요?

우리에게 옥상 따윈
하늘 따윈 너무 낮아요.
아시겠어요? 선생님

가을 국어 수업

교정에 흩날리는 노란 은행잎
빨간 신나무잎
회갈색 목련잎

선생님이 일러 주신 대로
국어책 사이사이에 끼워 놓았습니다.
일주일이 지나

편편하게 잘 마른 나뭇잎에
우리는 간절한 단어를 썼습니다. 색색 사인펜으로
할머니, 사랑, 추억, 친구
그리고 잊지 못할 세월호를 적었습니다.

너른 목련잎에 나는
내가 쓴 시를 적었습니다.
떠나간 친구를 떠올리며

눈물이 글씨 위로 툭 떨어져 번졌습니다.
아름다워서 슬픈
가슴이 먹먹해지는 시간이 있었습니다.

제비꽃 종례

종례 시간에 선생님은
우리 반 단체 카톡에 사진 한 장을 올리셨다.

“좁은 틈에서도 끈질기게, 작아도 당당한 제비꽃처럼”
메시지와 함께

학교 진입로 아스콘 바닥 갈라진 틈
나란히 핀 제비꽃 몇 송이 찍어 오셨단다.

집에 가는 길에 반드시 그 자리를 찾아서
유심히 보고 가라는 게 종례 사항이다.

외톨이 진욱이가 제비꽃 앞에서 오래 서 있던 것을
나는 보았다.

할머니와 단둘이 살며
엄마 아빠 얼굴도 모른다는

진욱이는 알고 있었을까
선생님이 창문가에서 조용히 내려다보고 있는 것을

등나무 연리지

학교 뒷마당 등나무 벤치
지지난해 등나무 덩굴 몇 줄기
저 위를 향해 뻗어 올라갈 때

옆 줄기가 옆 줄기에 기대고
기대다 못해 서로가 어깨를 겯고 허리를 감고
서로 다투는 듯 싸우는 듯하더니

어느새 두 줄기 세 줄기가 하나로 합쳐져
코끼리 다리처럼 굵직한 줄기가 되어
수많은 잔가지에
향기도 빛깔도 곱고 고운 등꽃 피웠다

꿈도 많고 개성도 가지가지
그래서 말도 많고 탈도 많았지만
이제는 한 줄기로 얽혀
어찌해 볼 도리 없는 3학년 1반

아웅다웅 다투고 토라지고 미워하고
질투도 하면서 함께한 3년
등나무 그늘 아래서 졸업 앨범 사진 찍을 때
우리가 주렁주렁 등꽃 같았다

우리에게 필요한 것은

1인 1화분 가꾸기, 새 담임 선생님이 시작한 것인데요,
양지바른 창가에
나도 철쭉 화분 하나 사서 두었습니다.

분홍색 철쭉꽃이 신부 부케처럼 화사하게 피더니
꽃도 시들고 가을도 아닌데 단풍이 듭니다.

처음엔 날마다 한 컵씩 물을 주었지만
날이 갈수록 귀찮고 까먹고 돌볼 겨를도 없어
갈색으로 말라 갑니다.

화단에 화초들은 그나마 푸르게 차오르는데
이제 몇 개 안 남은 화분의 화초는
희멀건 얼굴빛 우리들 닮았습니다.

가정 상황과 성적을 비관한 우리 또래 여고생이
옥상에서 투신을 했다는 뉴스가 있었습니다.
살고 싶어서 죽었을 것입니다.

오늘은 화분을 안고 집에 왔습니다.
아파트 화단 한쪽에 말라 가는 철쭉을 묻어 주었습니다.

철쭉도 나도

우리도 어쩌면 더 많은 바람과 비와

햇볕이 필요한지도 모르겠다고 생각한 날입니다.

당당한 거지

애들은 초코 우유나 바나나 우유 나오면 마시지만
흰 우유 나오면 안 마신다.
그냥 두면 좋은데 꼭 휴지통에 던져 넣는다.

나는 맨 나중에 나오면서
버린 우유를 챙겨 간다.

찜찜하긴 하지만
집에 가져가면 제티◆를 타서 동생도 마시고
냥이도 먹는다.

지난주엔 내가 말했다.
우유 안 마실 사람은 쓰레기통에 버리지 말고
나에게 달라고.

누나는 니가 무슨 거지냐고
가져오지 말라고 했는데
우유 세수까지 하더라.
난 그냥 거지가 아니다.
이렇게 말해 주었으면 좋겠다.
넌 당당한 거지, 넌 넉살 좋은 거지.

◆ 주로 어린이들이 우유에 타서 먹는 코코아 분말 상품

눈싸움

뽀드득 눈을 뭉쳐
총알 대신

던지면 열에 아홉은 빗나가고
어쩌다가 맞으면

불꽃 대신 퍽 하고 눈꽃이
눈꽃이 터져요.

피 대신 땀이 송글송글
눈물 대신 웃음이 터지는

자꾸만 하고 싶은 싸움
눈싸움

저 이스라엘에도 팔레스타인에도 눈이 내려서
시리아에도 IS에도 눈이 내려서

싸워야 한다면
세상 모든 싸움이 이런 것이었으면 좋겠어요.

2부

짝사랑의 각도

열여섯 가을에

아무 말도 건네지 못하고 3년이 갔어.

멍하니 서 있는 네 가까이
내가 다가갔을 때
넌 먼 하늘에 눈길이 가 있었지.

등 위에서 가을 햇살은 비치고
내 그림자가 네 그림자에 겹쳐지는 걸
넌 몰랐지.

가슴과 가슴이 얼굴과 얼굴이 겹쳐져
하나가 되는 걸
넌 몰랐지.

그렇게라도 난 너의 그 무엇이 되고 싶었어.
네가 되고 싶었어.
그림자로라도 너에게 스며들고 싶었어.

그때 우리 앞의 가로수 잎 하나가 유난히 붉게 물드는 걸
넌 몰랐지.
그게 터질 것 같은 내 심장이라는 걸

그렇게 내 열여섯 가을이 간다는 걸

너는 몰랐지.

운동장 편지

주말에　　　눈이

엄청 내렸습　　니다. 월요일

아침도 먹지 않고　새벽같이 학교로

달려갔습니다.　아 무 도 지나가지 않은

하얀 운동장에 발자국으로 하트를 그렸습니다.

하늘에서 잘 보이도록 운동장에 가득 차게

하트 안에 내 사랑 '이진성'도 썼습니다.

저런 정성 있으면 그 시간에 공부나

더하지, 하시는 선생님 잔소리는

아무렇지도 않습니다.

하느님은 내 마음

읽어 주셨을

테니까

요.

사탕

사탕은 사탕이었습니다.

그저 설탕을 뭉친 과자의 일종으로만 알았습니다.

그런데 남몰래 나에게만 건네주던 그녀의 사탕은 사탕이 아니었습니다.

사탕은 사랑이었습니다.

변덕스러움에 대하여

난 비가 좋아
하굣길에도 비가 내렸으면 좋겠어.
이 봄비가 좋아.

초록의 새순을 씻어 주고
그 초록 물로 내 몸을 적실 테니까.

우산은 없어도 좋아
이 정도의 비라면 젖어 주겠어
생각했지.

그리고 네가 내 곁에 있다면
폭우가 쏟아진대도 좋을 텐데.

갑자기 이 세상 우산이 다 사라져 버려서
너와 함께 이 비에 젖어 같이 걸을 수 있다면 좋겠다
생각했지.

그래도 만약, 만약에 말이야
너와 우산을 함께 쓰고 걷는다면
봄비에 젖는 것쯤은 영원히 보류해도 좋겠다고

그런데 네가 우산을 같이 쓰자 다가왔을 때

오, 마이 갓!

난 아닌 척, "됐어."라고 말해 버렸지.

살아오는 동안 내가 한 일 가운데 가장 후회스러워

난 이 비가 싫어.

아니, 내가 싫어.

열다섯

어떻게 남자의 손을 잡을 수 있어?
어린애도 아닌데

다른 사람의 손이 내 머릿결을 쓰다듬는 걸 상상이나 할 수 있어?
우린 어린애도 아닌데

아무리 아무도 보지 않는다고 해도 그렇지
어떻게 입을 맞출 수 있어?

그렇지만 말이야.
그 사람이 너라면
그리고 딱 거기까지만이라면

난 할 수 있을지도 몰라.
우린 아직은 어린애잖아?

오늘도 나에겐 단 한 번도 눈길을 주지 않는 너,
너랑 말이야.

핫팩

“다 식어서 어떡하지……” 하면서

청소 시간에 그녀가 내 손에 쥐어 준 핫팩

집에 오는 동안 다 식었어도

식어 버린 핫팩 하나가

내겐 너무 뜨거웠습니다.

심장까지 달아올랐습니다.

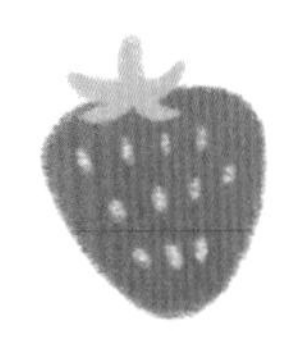   

그날

내가 불결해진 것 같아
내가 싫습니다.

냄새가 새어나가지는 않는지
진짜 새지나 않는지 불안합니다.
여자인 것이 저주스럽습니다.

김수현◆이 다가온대도 싫습니다.
그런데 싫지만은 않은 자칭 김수현 기현이가 다가옵니다.
그러면서 하는 말이, "오늘 그날 맞지?"

허걱, 헐!
숨이 턱 막혔습니다.

"너네 학원 우열반 편성 오늘 나온다며?
걱정하지 마. 잘 될 거야."하고 지나갑니다.

멘붕!

죽는 줄 알았습니다.
죽이는 줄 알았습니다.

◆ TV 드라마 <별에서 온 그대>의 주인공 남자 배우

짝사랑의 각도

오늘도 야자 시간
펼쳐 놓은 수학책은 눈에 들어오지도 않아.
네 35도 옆모습을 그리고 있었어.
허공에 네 콧날이 그리는 각도도 35도

45억 명 속에 섞여 있대도
네 옆모습 보면 찾을 수 있을 것 같아.
네 정면을 본다면
너무 눈부셔서 바라볼 수 없는 태양이거나
불타는 꽃이라 할 거야.

오랫동안 정면을 대한 적도 없어.
오래 바라볼 수 없었어.
눈이 멀어 버릴까 봐, 심장이 멎어 버릴까 봐.
아니, 보지 않아도 돼.
보지 않아도 보여.

옆모습만으로도 너의 전부가 내 안으로 들어와.
늘 옆모습으로만 기억되는 너
그 가파른 각도로 우린 비켜 가겠지.

짝사랑의 각도는 35도

그 빗금이 그리는 선 하나가 아프게 떨고 있어.

열여덟 발전기

밤늦은 시간에 길고양이가 운다.
아기 울음소리 같다.

고양이가 짝짓기하고 싶어
상대를 부르는, 그것도 애타게 부르는 소리란다.
늘 그런 것은 아니고 그럴 때가 있단다.
발정기라고 했다.

고양이 몸속에 발전기가 있어서
온몸에 저릿저릿 전기가 흘러서
눈에 불을 켜고 전열기처럼 온몸이 달아오르나 보다.

사람에게는 고양이와는 달리 발정기가 따로 없단다.
이 말을 다른 말로 하자면 일 년 내내 발정기란 말씀
이건 과학적 지식에 근거한 아빠의 말씀.

내 나이가 몇인가 열여덟

발전기로 말하면 가장 성능이 좋은 때

내 몸에 발전기가 365일 낮밤으로 돌아서 달아올라서

온몸에 전기가 흐르는 것은 병이 아닌 것이다.

그러나 나는 고양이가 아니다

발정의 힘을 옮겨서 희망의 정수박이에 들이붓는다.

나는 발전한다.

나는 밝힌다. 밤을 어둠을

발정에서 발전으로, 나는 나아간다.

고양이에서 사람으로 인간으로

홍난파와 낭만파

기말고사 음악 시험 감독은 개구진 국어 샘
"스무 문제 까짓것 20분이면 다 푸는데 우리 얘기 좀 하자."
"안 돼요 샘, 외운 것 다 까먹어요."
아랑곳 않고
"얘들아, 교실 청소 상태가 왜 이 모양이냐, 너희들 시험 마지막 날이라고
복장이 이게 뭐냐?"
쓸데없는 말 자꾸 하신다.
일부러 그러시는 거다.

음악 샘이 단답형 힌트 주신 거
쉬는 시간에 죽으라고 외웠는데
다 까먹었다.
홍난파가 답인데
양파, 대파, 쪽파…… 막가파 죽어도 생각이 안 나서
낭만파라고 썼다.

원칙 좋아하는 국어 샘,
제발 시험 감독 원칙대로 좀 하셈.

그래도 난 낭만파 국어 샘이 좋다.

글쓰기 시간

난 쓰기가 싫다.
돈을 쓰는 일이라면 1등도 할 텐데
힘쓰는 일이라면 내가 짱일 텐데
하다못해 교실 바닥을 쓰는 일이라면
기꺼이 해낼 텐데

시를 쓰라거나
수필을 쓰라거나 하면
난 용을 써야 한다.
입맛부터 쓰다.

오늘은 교내 백일장
시나 수필을 써야 한다.
난 쓰기가 싫다고 썼다.
지난번 쓰기에서 선생님한테 지적받은 걸 썼다.
선생님한테 섭섭하다고 썼다.

그런데 웬 떡?
선생님은 수필은 이렇게 쓰는 거라고
칭찬을 하셨다.
나도 모르겠다.
선생님도 참 애쓰신다.

사식과 독립군

푸른 어머니회에서
피자와 음료수를 보내 주셨다.
야자 간식이다.

별명이 독립군인 창식이가 말했다.
"이런 걸 간식이라 하지 않고 사식이라 하는 거야.
난 배부른 잡범보다 굶주린 독립군이 될란다."

사식이 무엇인지 검색해 보았다.
사식 : 교도소, 유치장 같은 곳에 갇힌 사람에게 사비로 들여보내는 음식

독립군은 멋있게 안 먹었지만
잡범들은 맛있게 먹었다.
꼴값하는 창식이가 고깝지만 부럽기도 했다.

누나를 빌려주다

희철이네 국어 샘과 우리 국어 샘은 다르니까
수행 평가 독후감 좀 빌려줘도 괜찮겠지 했다.

선생님이 언제 그걸 다 읽어 보냐
대충 이름 보고 점수 주겠지.

웬걸, 걸렸다.
희철이네 국어 샘이 나를 불렀다.

누나가 권유해서 읽었다는 말까지 베껴 쓰다니.
형제라곤 없는 녀석이

수행 평가 0점 맞고
누나까지 빌려준 꼴이 되어 버렸다.

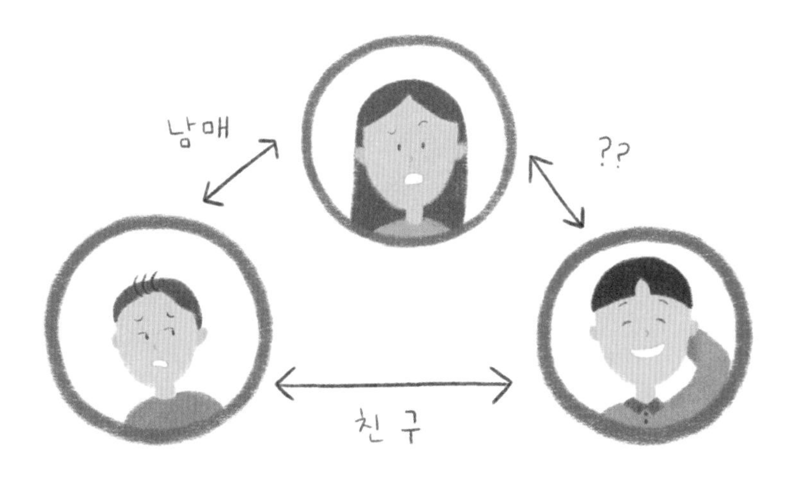

3부

이의 있습니다

효도

-챠라, 챠라. 니가 시방 춤꾼이 될라꼬?
때려 치아라. 뚱띠이 가스나가, 빌어묵기 딱 알맞구마.

난 춤꾼이 안 돼도 좋아예.
내 좋아하는 거 하다가 죽으모 소원이 없겠어예.
고거 딱 한 가지라예.

춤을 추는 동안 나는 내가 아닌기라예.◆
내가 아닌 거 하나로 충분해예.
훠얼훨 나는 새, 팔짝팔짝 지랄맞게 뛰댕기는 고라니 새끼
꿈틀대는 벌거지라도 나는
내가 아닌 그 어떤 거였으면 좋겠으예.

나가 춤을 추고 있으모
나는 맨날 구박받는 아부지의 딸도 아니고
지지리 공부 몬하는 누구의 제자도 아니고
나조차 내가 싫은 내가 아니고 기냥
아무튼 나는 내가 아닌 기라예.

아부지 좋아서 술 먹는 거 맹키로
나 좋아서 춤추는 기 와 나쁜 기라예?
춤이 끝나모
다시 학생으로 다시 아부지의 딸로 돌아와예.

내가 춤 안 추고 울었으면 좋겠어예?
내가 도둑질이라도 했으면 좋겠어예?
창문을 모조리 다 뿌사불면 좋겠어예?
알고 보면 시방 나 효도하고 있어예.
안 그래예?

◆ 영화 〈빌리 엘리어트〉에서 엘리어트의 말

이의 있습니다

“하면 된다.”는 학급 생활 목표가 잘 이해되지 않습니다.

세상에는 죽었다 깨나도
해도 안 되는 일이 있다고 생각합니다.
일이라면 안 해 본 게 없는 비정규직 우리 아빠가
무엇을 안 해서 부자가 못 되었을까요?
맨날 꼴찌인 제가 한나고,
한다고 하면 일등이 될 수 있을까요?

죽인다 해도,
세상을 다 준다 해도
하면 안 되는 일도 많다고 생각합니다.
제가 도둑질을 하면 될까요? 안 될까요?

해서는 알 될 일인데,
안 될 것이 분명한데
무조건 하라는 말 같아서요.
“하면 된다.”는 말은 수정되어야 한다고 봅니다.

이렇게 말하면 되나요?
안 되나요?

사랑받지 않을 권리

다 함께 떠들었는데
언제나 나만 지적합니다.

"창수야, 이거 국어 샘께 갖다드리고 와라."
애들 쌔고 쌨는데 나만 시킵니다.

체험 학습 신청서 안 낸 사람 많고 많은데
넌 오늘도 안 냈느냐고 나만 혼냅니다.

'샘, 왜 나만 갖고 그러세요?' 하면
그 답 안 들어도 안다.

'얌마, 그건 샘이 너를 많이 사랑하기 때문이야.'
할 겁니다.

나 좀 냅둘 수 없나요?
사랑 좀 안 해 주면 안 되나요?

선생님은 모르는 것

학문과 항문의 공통점에 대한 선생님의 설명.
첫째, 발음이 같다.
학문→[항문] 비음화 현상이란다.
표준 발음이지.

공통점이 또 있지.
학문, 항문 다 같이 힘써야 하고, 넓혀야 하고, 닦아야 하지.
다 까먹어도 이것만은 안 까먹는다.

하지만 국어 샘도 모르는 공통점은 더 있다.
그 둘 다 나에겐 힘든 거라는 거

머리가 나빠서 학문은 머리가 아프고
변비가 심해서 항문도 무지무지 아프다는 거

꿈의 학교 ㅋㅋㅋ

일주일에 한 번은 오전 12시까지 늦잠을 자고
짜장면 시켜 먹고 느릿느릿 학교에 나와
연예인 이야기로 종일 수다를 떠는

일주일에 한 번 어느 날 오후엔
끼리끼리 놀이공원에 가서 신나는 놀이기구 타고
맛있는 꼬치도 사 먹고

비가 오는 여름날 수요일엔 공원에 나가
나뭇잎에 빗물 방울 풀벌레 소리 버무려서
스마트폰 영상에 담아 오는

일주일에 한 번은 바람 부는 언덕에 올라
어디에서 생겨나서 어디를 거쳐 왔는지 구름에게 말 걸어 보고
세상이 얼마나 넓은지 험한지 물어도 보는

중간고사 답안지 OMR 카드엔
컴퓨터 사인펜으로 예쁜 꽃 한 송이 피워 낸 뒤
신나게 개다리춤 한 번 추면 기본 80점은 인정해 주는

학원 못 가게 하고

보충 야자 시간에도

스마트폰 게임만 죽도록 하고 집에 가도 되는,

그래도 공부하란 말은 안 하는

우리가 시험을 치르는 동안

모의고사 시험지 나누어 준 뒤 소리 죽여 놓고 뒤에서 카톡하시는 샘, 그토록 사랑한다 하시는 제자들의 고통에 동참한다는 의미에서 우리가 시험을 보는 동안 다음 문제에 대하여 논술을 한번 작성해 보시라고 권해드리고 싶습니다.

1. 우리 치마 길이가 짧아서 샘들 수명이 1초라도 짧아진다는 이론이 있으면 구체적 근거를 들어 논술하시오.

2. 우리가 선크림 좀 바르고 입술을 짙게 발랐다고 "덥다, 더워." 하시는데, 우리가 화장 한 거 하고 오늘 날이 더운 거 하고 인과 관계를 밝혀 서술하시오.

3. 우리가 침 흘리며 책상에 엎드려 잤다고 "그래가 어트케 남자 만나 시집 갈끼고? 쯔쯔쯧" 하시는데 어떤 상관 관계가 있는지 밝히시오. (말끝마다 "여자가, 여자가 돼가꼬 말이야……" 하시는데 전생에 여자에게 원수진 일이 있는지만 써도 됨)

4. 맨날 "뚱띠이들, 똥돼지 같은 녀석들……" 하시는데 우리와 돼지의 공통점을 과학적 근거를 들어 논증하시오. (매점에서 컵라면 하나라도 사준 적 있으신 샘과 똥배 안 나오신 샘은 제외)

※ 참고 : 샘들 회식 때 1차, 2차, 노래방까지 가셔서 그 결과가 우리 성적과 인성에 미치는 영향을 우리는 책으로도 쓸 수 있음 ㅋㅋ

정조준

학급 회의 기타 토의 시간
손들고 일어선 기태 자식

“소변기에 소변 볼 때 정조준 잘해서 소변을 흘리지 맙시다.
청소하는 아줌마 가운데
우리 친구의 엄마가 있을 수도 있잖아요.
우리 엄마라 생각하고 고생하시는 아줌마들 위해서도
화장실을 깨끗이 씁시다.”한다.

정조준이란 말이 우스웠는지 몇 아이들은 웃었고
몇 아이들 정조준하여 나를 쳐다보았다.

얼굴이 달아올라 죽는 줄 알았다.
기껏 내 생각한답시고,
맨날 옳은 소리만 하여 철들었다 칭찬받는
기태 자식 고맙기보단 고깝기만 하다.

하지만 난 하나도 하나도 부끄럽지 않다.
정말, 정말이다. 정말……
손에 땀이 쥐어진다.

어떤 대결

담임 샘은 모른다.
아침 조례 시간에 휴대폰 걷을 때
기형이는 안 쓰는 휴대폰 내고
진짜는 내지 않았다.

점심시간 체육 준비실 뒤에서 몰래
담배 피우는 담임 샘을 동영상으로 찍었다.

학교 전 구역이 금연 구역인 줄 모르는 사람 없다.
복수하겠단다.
담배 갖고 또 구박하면 확 신고해 버리겠단다.

담임 샘이 어떻게 알았을까?
종례 시간
안 쓰는 휴대폰 내는 사람 있으면 앞으로 가만두지 않겠단다.

이제 담뱃값도 올랐고 했으니
나도 끊을 테니 우리 함께 끊자 하신다.

VS

자리 바꾸기

오늘은 자리 바꾸는 날
한 달에 한 번 하는 것이지만
두렵다.

아무것도 아닌 것처럼 표정은 짓지만
한 달이 지옥일 수도 천국일 수도 있다.

그런데 오늘은 제안을 하나 하고 싶었다.
선생님과 우리가
자리를 바꾸어 봤으면 좋겠다.

하루에 여덟 시간 한자리에 앉아 수업을 듣는 일
얼마나 지겹고 졸리고 힘든 일인지 지옥인지
선생님도 겪어 봤으면 좋겠다.

우리도 선생님 콩 쥐어박으며 떠들지 말라고
부라린 눈으로 졸지 말라고 잔소리하고 싶다.
그까짓 과제 하나 못 해 오느냐 면박도 주고 싶다.

그러나 엉뚱한 그런 꿈은 아예 꾸지도
이런 제안은 하지도 않을 테니
새로 만난 짝과 천국에서 한 달만 잘 지냈으면 좋겠다.

생일빵◆

주머니에 삼만 원이 있다.
평소 같으면 엄청나게 큰돈이다.
할머니가 꼬깃꼬깃 모아서 주신 돈이다.

맛있는 것 사 먹으라 했다.
미역국을 못 먹은 대신
선물을 못 받은 대신

그러나 삼만 원은 택◆◆도 없다.
굶주린 이리 떼처럼 아이들은
나를 뜯어먹으려 할 것이다.

집을 나서는 순간부터 두근거린다.
이것이 설렘이라면 좋겠는데 두려움이다.

다행히 내일부터 시험 기간이라서 아이들이
교실 게시판에 붙여 놓은 우리 반 생일 날짜
못 보았으면 좋겠다.

챙겨 줄 것도 아니면서
게시판에 생일 날짜 판을 만들어 놓아
생일빵만 맞게 하는 신생님이 야속타.

◆ 본래는 생일 맞는 친구에게 축하해 주는 건전한 놀이였다가 최근 돌려 가며 때리는 가학적인 놀이로 변질되어 가고 있음
◆◆ '턱'의 방언

현장 체험 학습

소지품 검사할 때
가방 속에, 방 구석구석에 술이 있나
샅샅이 살펴보셨다.

보시다시피
마실 거라곤 생수병 두 개밖에 없어요.
수학여행 때 사고 치면 어떻게 되는지 우리도 알아요.

이렇게 좋은 것을 왜 자기네만 마시지?
이렇게 독한 것을 왜 마시지……
이게 바로 체험 학습이지…… 낄낄대면서
생수병에 든 소주 나눠 마셨다.

밤새 과음했는지 선생님 눈도 퀭하다.
알고도 모른 체하는 건지, 정말 몰랐던 건지
저 미묘한 웃음은 또 뭐지?

주제에

끼가 있어야 한다며요,
창의적으로 좀 야하게 그렸을 뿐인데
그놈의 장난끼, 바람끼밖에 없냐고
수행 평가 점수엔 관심이나 있느냐고 구박하는 미술 선생님

무슨 핑계로든 야자 빠지려고 한다고
저번 시험 성적 기억이나 하느냐,
꾀라고는 잔꾀밖에 없냐,
주제를 좀 알라고 하시는 담임 선생님

꿈을 가지라며요,
잠을 자야 꿈도 꾸지요.
맨날 잠만 자냐고 쥐어박는 수학 선생님

깡만은 자신 있어 애들이랑 한판 붙었다가
공부를 그렇게 해 보시지, 주제에 가지가지 한다고
주제 좀 알라 하시는 인권인성 부장 선생님

공부 잘하는 놈 가운데 나만큼
끼, 꾀, 꿈, 깡 가진 놈 있으면 내놔 보라고
말하려다 참았습니다.

주제도 모르는 주제에

경고

빼빼로데이에 빼빼로 안 바치는 사람
국어 수행 평가 2점 깎는다는
썰렁한 농담
그거
성적희롱이란 거

가스나 다리가
야채 가게 무통 같다는 농담
그거 성적 희롱이란 거

김나리 내 이름 두고
맨날 개나리 괴나리 하시는 거
그거 성희롱이란 거

무심코 던진 돌멩이에

연못의 개구리는 맞아 죽을 수도 있다는 거

그거

알기나 하세요?

아, 쌤요, 제발!

4부

죽은 새의 나라

뿔

사슴은 뿔을 가지고 있지.
코뿔소도 염소도
장수풍뎅이도 뿔이 있지.

그들에게 영혼이 있다면
뿔에 들어 있을 거야.

영어로도 뿔을 혼이라 하지.

"쥐뿔도 없는 것이……." 하는 욕도 있잖니?

아닌 것을 향하여서는 들이받을 줄 아는
저 높은 곳을 향하여서는 솟구치기도 하는
그것 때문에 죽을 수도 있는

너는,
나는 뿔이 있니?

나 하나 때문에

깨어 보니 아빠는 벌써 나가시고
엄마는 또 눈이 빨갛다.

나 때문일 것 같다.
내 학원비 때문에, 내 성적 때문에

내가 태어나지 말았어야 했는데……
사라져 버리고 싶다.

이럴 땐 학교도 친구도 소용없다.
세상에 나 혼자다.

그래도 학원 끝나면 사라지지 않고
죽어 버리지도 않고 나는 집으로 간다.

엄마는 가끔 "너 하나 보고 산다."
아빠는 "너 때문에 산다." 하시기 때문이다.

나 하나가 우리 가족을 다 살리기 때문이다.

사과가 필요해요

에덴에서 쫓겨나게 하고 아직도 한 조각은 목에 걸려 있는
아담의 사과가 아니에요.

여섯 살 아들의 머리 위에 올려놓고
쏘아 맞힌 빌헬름 텔의 사과가 아니에요.

트로이 전쟁을 불러온
파리스의 황금사과가 아니에요.

만유인력을 발견하게 했다고 하는
뉴턴의 그 사과가 아니에요.

헤브라이즘과 헬레니즘, 스위스의 자유와 독립의 상징
근대 문명과 과학의 상징
신화 속의, 역사 속의, 책 속의 상징 그 사과가 아니에요.

그 사과보다 내 목숨이 가벼운가요?
나는 지금 사과에 목이 말라 타들어 가요.

마음이 담긴, 마음에 담긴
미안하다 한마디면, 한마디면 돼요.

비 오는 날

우산꽂이에 내 우산이 없다.
지난번에도 그랬다.
누가 잘못 바꿔 갔겠지 했는데
자전거 보관대 곁에 내 우산이 부서진 채 버려져 있었다.

남아 있는 거라도 그냥 가져가 버릴까 하다가
가슴이 쿵쿵 뛰었다.
억수로 쏟아지는 것도 아니니 맞고 가자.
교문을 나서는데

가랑비 가지런히 가지런히 온다.
나는 우산이 없어도
우리 집엔 돈이 없어도
성적은 형편없어도 나에겐 이쁜 양심이 있단다.

누가 나를 함부로 해도
내 양심은 내가 지킨다.
애써 나를 다독이지만 자꾸만 눈물이 흐른다.

넌 맨날 잃어버리고 빼앗기고만 댕기냐.
엄마 목소리 들려오는 것 같다.

옥수수꽃

누가 옥수수꽃을 정성들여 들여다본 적 있을까
보라색도 흰색도 노랑도 빨강도 아닌
흰색 가까운 노랑 먼지털이 같기도 하고
그냥 뻣뻣한 성근 빗자루 같은
옥수수 수꽃
수염이라 부르는
정말 수염 같은
절대 수염이어서는 안 되는 암꽃
꽃들도 사랑을 해서
중매쟁이 꿀벌들이 날아와 연애편지를 건네주고
사랑을 해야
옥수수 열매가 맺힌다는 걸
꽃을 가만히 들여다보며
생각하는 사람 몇이나 될까
옥수수를 주식으로 하는 사람들도 많다는 걸
우리가 먹는 많은 고기가
옥수수 사료를 먹은 짐승이었다는 걸
공설시장 한쪽에서 대학 찰옥수수수수 파는
흰 이 가지런한 저 니엔뚱 아줌마가
살 수 있게 한 꽃이라는 걸 생각하면서
그 꽃이 없다면 우리 누구도 살기 어려운 걸
색깔만 고와야 모양만 예뻐야 꽃이 아니란 걸 생각하면서
예쁜 것만이 아름다운 것은 아니라는 생각을 하면서

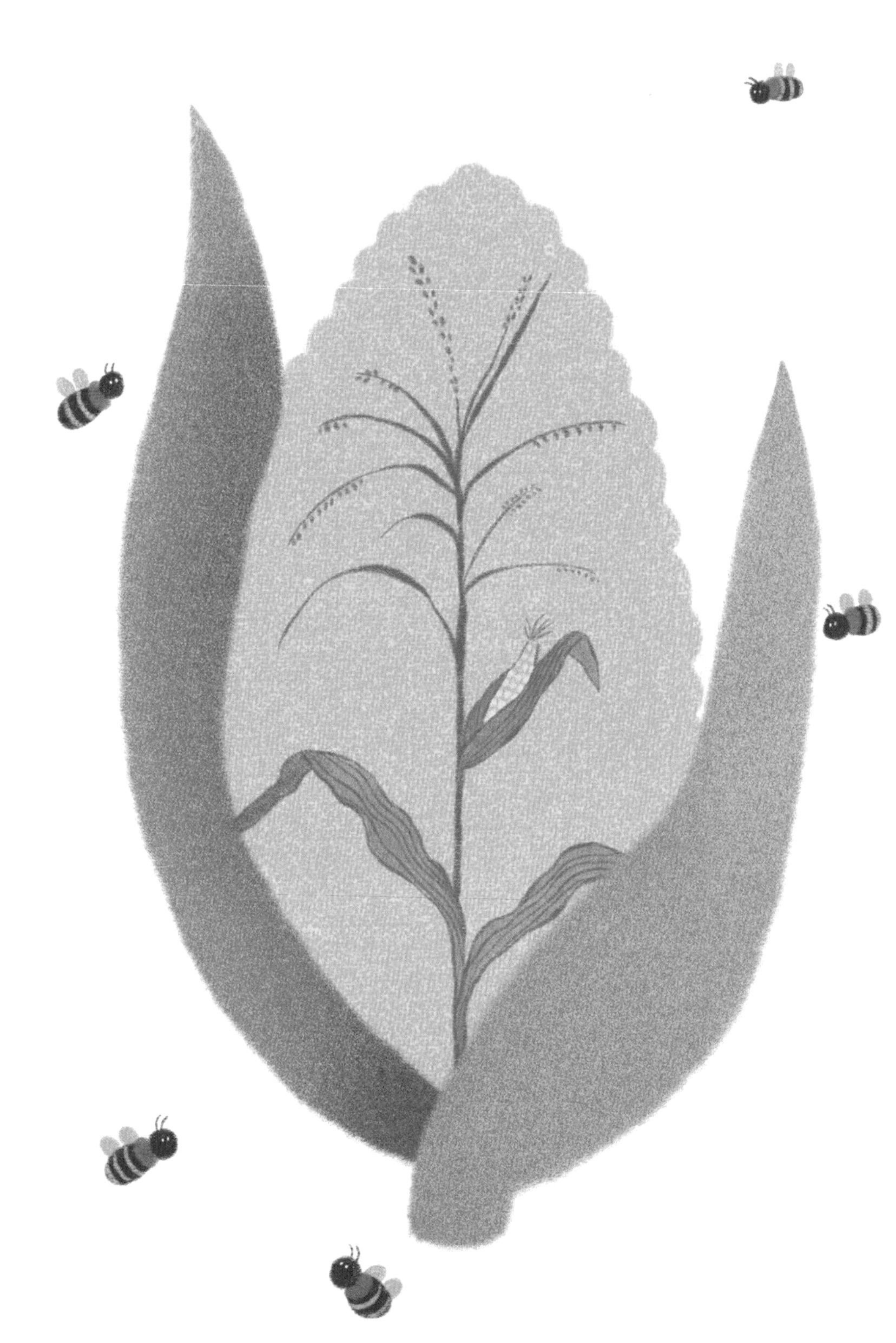

K의 고백

정석 수학 학원 셔틀버스를 타기 위해
버터플라이 영어 학원에서 내려오면
하루도 거르지 않고 언제나 그 시간 그 자리
아버지는 서 계십니다.
10분 동안 아버지의 차 안에 앉아
아버지가 사 오신 김치김밥 한 줄을 먹습니다.
보온병에 준비해 오신 따뜻한 차를 마셔도
오늘도 가슴 벅찬 사랑에 목이 멥니다.
이 사랑이 숨 막힙니다.
"다 널 위해서야, 나 같은 사람은 되지 말아야지."
압니다. 그래서
날 위해서 하시는 희생인데
그 희생의 기쁨과 자부심을 마음껏 느끼시라고
아버지 존재의 이유를 마음껏 실감하시라고
나는 최선을 다하여 내 자리를 지킵니다.
서로의 눈에 눈을 못 맞추고
창밖의 흐르는 불빛에 눈길을 주며
김밥을 먹습니다.
출구도 보이지 않고 퇴로도 차단된 숨 막히는 사랑을
먹습니다. 안으로 흘리는 짜디짠 눈물과 함께
채 씹히지 않은 단무지를 삼킵니다.

재수 없는 나

그 애들 내 곁을 스쳐 가며 하는 말
"재수 없어."
설마 내가 임대 아파트 산다고 그랬겠어요?

과학 실험 보고서
A+ 받았을 때도 들었어요.
"잰 정말 재수 없어."

사물함 누가 허락 없이 열고 체육복 가져간 거
담임한테 일렀다고
오늘도 두 번이나 들었어요.

다들 수다 떠는 자율 시간
책에 코를 박고 있는 나는
그래, 나는 재수 없어요.

아빠도 늘 하는 말이에요.
우리 형편에 넌 재수는 없다.

그래요, 나에게 재수는 없어요, 재수란 없어요.
그렇게 듣기로 했어요.

죽은 새의 나라

죽은 새 한 마리
나무 아래 묻어 주었습니다.
나무젓가락으로 십자가도 만들어 세워 주었습니다.

야간 자율 학습 시간에 늦었습니다.
늦고 싶었습니다.
혼나고 싶었습니다.

왜 늦었느냐 물으면
우리도 언젠가는 죽는다는 다소 엉뚱한 대답을 하고 싶었습니다.

그런데 교실에 들어서는 나에게 선생님은
쉿! 방해하지 말고 앉으라고 합니다.
아무도 내가 늦은 이유를 묻지 않습니다.
우린 언젠가는 죽는데도요.

이미 우린 죽은 것 같았습니다.

수족관 앞에서

하굣길 학교 앞 횟집 수족관
물고기들을 들여다봅니다.

그 너른 바다 두고
어쩌다 이렇게 갇혀 있을까?

물고기들이 나를 들여다봅니다.
묻습니다.
그 너른 세상 두고 감옥에 갇혀 지내고 있니?

물고기는 수족관 안에 갇혀서
우리는 수족관 밖에 갇혀서

자존감에 대하여

여러분 가운데
한 번도 안 본 아이는 하나도 없을 거라면서
요즘 시대가 그렇게 돼 버렸다면서

한 번도 안 본 사람 손들어 보라고
성교육 강사 선생님이 말했을 때
난 손 들시 못했습니다.

고고한 체한다고 할까 봐
잘난 체한다고 할까 봐
진상이라고 할까 봐
나만 바보 될까 봐.

난 진짜로 안 봤거든요.
당연히 봤어야 되는 건가요?
자기를 존중하는 마음이 자존감이라고
엄마는 늘 말했거든요.

솔직히 말하면
나도 한 번쯤은 보고 싶어요.
이럴 때 자존감이 무엇인지 묻고 싶어요.

다문화라고요?

인도 아유타국 허황옥 공주는
배에 경전과 불탑을 싣고 와서
가락국 수로왕과 결혼을 했대요.

고려 가요 쌍화점에 등장하는 신발 사러 간 여자
손목을 잡고 사랑한 사람은
저 아라비아 회회아비였대요.

우리나라를 세운 단군 할아버지는
사람도 아닌 곰 아니
사람이 된 곰과 결혼했대요.

단일 민족이라고요?
단일 민족이어야 하나요?
그때도 다문화라 했을까요?

우리 아빠가 베트남 여자 우리 엄마하고
결혼했다고 다문화라고들 하네요.
그냥 우리 민족 우리나라 우리 문화 아닌가요?

피

늘 어수룩하고 말 없는 범현
팔 깁스를 한 나 대신 분리수거 하다가
깨진 유리 조각에 손가락을 베였다.
붉은 피가 주르륵 흘렀다.

농사일 억척 범현이 엄마의 고향은 베트남
범현이네 외할머니는 처음엔 따이한 군인*을 사랑하여 아들도 낳았다지.
아기 이름도 한국식으로 지었지만
남자는 전쟁이 끝나고 한국으로 돌아갔지.
곧 데리러 온다고 약속하고는 연락이 끊겼단다.

범현이네 외할머니 다시 베트남 남자 만나
지금의 범현이네 엄마를 낳았단다.

그렇게도 외할머닌 반대했건만
한국에 가면 배곯지 않고 살 수 있다고
한국 농촌 남자 만나 한국에 시집왔단다.

아직도 베트남엔 90살이 넘은 범현이네 외할머니
아버지 찾겠다고 한국으로 떠나서 소식 없는 아들과
한국의 농촌으로 시집가서 고생하고 있을 딸 생각에
짓무른 눈시울 닦아 내고 있단다.
여기까진 범현이네 엄마 친구인 우리 엄마한테 다섯 번도 더 들은 이야기.

보건실로 달려가 대일밴드 가져다가 손가락 상처에 둘러 주었더니
씨익 웃는다.
어디서 배웠는지 맥락도 닿지 않는 농담을 한다.
"나를 물로 보지 마."

그래, 내가 본 것은 물이 아닌 붉은 피
'그래, 널 물로 보지 않을게.'

◆ 월남전에 참전했던 우리나라 군인

무지개 만들기

어느 비가 개인 날
아빠와 무지개를 보았어요
아빠는 말했지요
니가 어디서 온 줄 아니
저 너머 아름다운 빛의 나라에서 무지개다리를 건너서 왔단다
거기는 싸움도 없고 가난도 없고 아픔도 없는 나라란다
니가 무지개다리를 건너온 뜻은 바로
그런 나라를 무지개 이쪽에 만들어 가라는 뜻이야
그런데 아버지는 왜 서둘러 저 무지개다리 건너 그 나라로 돌아가셨을
까요
무지개를 본 지도 오래되었어요
일요일 아침이면 텃밭에 물을 주던 아빠 대신
오늘은 내가 호스를 끌고 텃밭에 물을 뿌립니다
아침 햇살 눈부신 허공에 물뿌리개에서 물이 흩어지니
거기 찬연하게 빛나는 무지개가 걸렸어요
잊고 있었던 그 나라가 생각이 납니다
아빠도 그 말씀도 무지개도
금방 또 잊혀질 것을 알아요
무지개다리 이쪽은 늘 아프고 바쁘고 다투고 아우성이니까요
하지만 오늘처럼 물뿌리개 끝에 무지개가 나타났듯이
보이진 않지만 무지개는 늘 내 앞에 있다는 것 알아요
아빠가, 그 나라가 그리울 땐
아빠가 그랬듯이 메마른 땅에 물을 뿌릴게요

5부

라면론 & 떡볶이론

라면 먹는 법 1 -라면론 1

"파 쏭쏭 계란 탁!"
그런 광고가 있었지.

파? 계란?
사치다.

없는 파와 계란은
없는 눈물을 불러올 수도 있으니

라면의 존재감을 위해서도
라면은 라면 하나로 족하다.

라면 먹는 법 2 -라면론 2

물 붓고 끓이는 것도 자원 낭비, 시간 낭비일 수 있다.
봉지를 개봉하기 전에
주먹으로 라면 봉지를
나를 이렇게 만든 사람이라 생각하고
몇 번 친다.
라면 봉지 윗부분을 일부 개방하고 스프를 꺼낸 다음
스프를 터서 봉지 안으로 쏟아 넣고 흔든다.

먹는다.

나를 슬프게 하는 것들 1 -라면론 3

하나 남은 라면을

동생이 나타나기 전에

입천장 벗겨지는 줄 모르고

전쟁 영화에서 전투 식량 먹는 것처럼

폭풍 흡입하고 났을 때

쾌감 때문인지

슬픔 때문인지

목이 메이고

눈물이 라면 가닥처럼 삐져나왔을 때

나를 슬프게 하는 것들 2 -라면론 4

동생이 혼자서 라면을 끓여 먹으려다가

내가 들어서자

"형, 배고프지?"

냄비를 내 앞으로 내밀며

"형 먹으라고 끓였어." 할 때

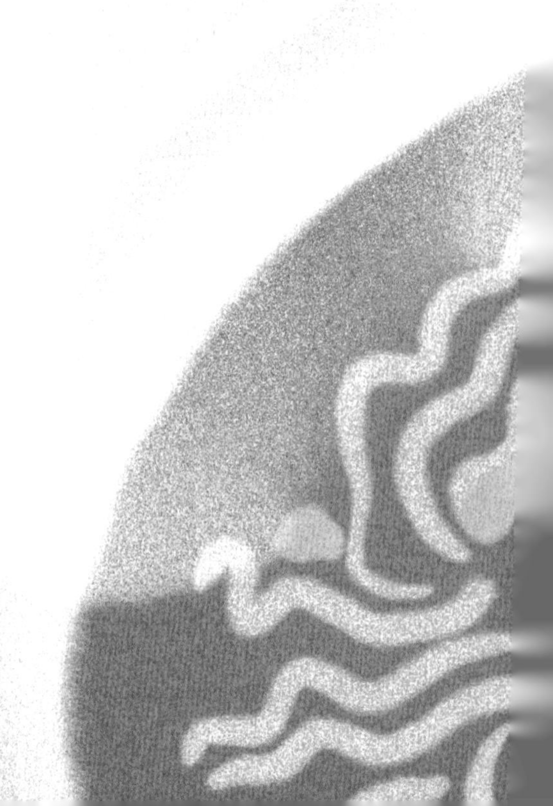

나를 슬프게 하는 것들 3 -라면론 5

'라면 대신 다른 것은 안 돼요?'
소년 가장의 위의를 잃지 않으며
동사무소 직원 아줌마에게 말하기 위해서
열 번도 더 연습해야 했을 때

라면의 온도 -라면론 6

방학이 되어 학교 급식 못 먹을 때
내리 사흘 라면을 먹고 버틸 때
'라' 자만 들어도 토가 나올 것만 같을 때
어쩔 수 없이 마악 또 라면을 끓이고 있을 때
"밥은 챙겨 먹고 있니?"
담임의 전화를 받았을 때
"네, 걱정 마세요."라고 대답해야 했을 때
딱히 누구를 향해서도 아닌,
근거 없는, 밑도 끝도 없는 적개심이
가슴을 치고 올라올 때
내 끓는 피의 온도는 섭씨 100도

라면에 대한 예의 -라면론 7

눈물로 간을 맞춘 라면을 먹어 보지 않은 사람은
인생에 대해서 말하지 말라.

라면은 맛으로 먹는 게 아니다.

그러니 라면 국물을 마실 땐 그릇을 두 손으로 감싸 쥐고
받들 듯이 먹는 것이다.

그땐 그랬다고, 그런 시간이 있었다고
늘 세상 어딘가엔 눈물로 라면을 삼키는 사람은 있다고

K 선배는 말했다.

나의 원대한 꿈 -떡볶이론 1

나는 이 졸업장을 참새 떡볶이 사장님께 드리고 싶다
먹보 뚱돼지라고 놀림을 받는 내가
그토록 가기 싫은 학교를 하루도 거르지 않고
다녔던 건, 다니고 싶었던 건
순전히 참새 떡볶이집 때문이다
아니 떡볶이 덕분이다
하루 1 떡볶이 그것도
은서네 엄마가 하는 세상에서 가장 맛있는 참새 떡볶이집
덕분이다.
나는 뚱뚱한 내가 싫어라고 말했을 때
나는 지금 네 모습이 좋아
자신을 사랑하지 않고서는 다른 사람도 사랑할 수 없대 하고 말해 준
유치원 때부터 쭉 같은 학교에 다니는
나처럼 뚱뚱한 은서
나에게도 꿈을 갖게 해 준 친구
선생님은 원대한 꿈을 가지라고 하셨지만
나는 떡볶이집 사장이 되는 게 꿈이다
은서가 떡볶이를 만들면 나는
주문을 받고 가끔 나 같은 아이를 보면
나는 지금 니 모습 그대로가 좋아
자신을 사랑하지 않고서는 다른 사람도 사랑할 수 없대 하고
말해 주고 싶다
내 꿈이 너무 원대한가

떡볶이 인생론 -떡볶이론 2

나는 떡볶이로 인생을 알았다
사랑을 배웠다
은서네 엄마가 하는 참새 떡볶이집에서 난 사랑을 알았다
사랑은 떡볶이다
은서가 먼저인지 떡볶이가 먼저인지는 묻지 마라
아무튼
내 좋아하는 떡볶이 뒤엔 은서와 은서네 임마가 있고
떡볶이 쌀을 만든 농부가 있고
하늘에서 내린 비가 있고
햇빛이 있다
한 송이 국화꽃을 피우기 위해 천둥은 먹구름 속에서 울었듯이
천둥 번개가 있다
쌀 한 톨을 빚기 위해 농부와 우주가 함께 작업을 한 것
그것을 은서네 엄마가 떡볶이로 만든 것이니
내가 먹은 떡볶이는 우주가 만든 음식이다
한 알 사과가 그렇고
한 송이 꽃이 그렇다
또 그렇게 만들어진 우주의 작품이 우리 사람이다
그러니 어찌 삶과 우주를 사랑하지 않을 수 있단 말인가
이것이 지난 몇 년 참새 떡볶이집을 드나들면서 깨우친
나의 떡볶이 사상이다
내가 이 사상을 말하면
철없는 우리 반 애들은 분명 떡볶이 먹고 돌았다 할 것이다

그러나 침대는 가구가 아니듯이

떡볶이는 음식이 아니다

떡볶이는 사랑이다

라볶이와 융합 이론 -떡볶이론 3

오늘 마지막 시간
선생님은 융합에 대해 설명을 하셨다

둘 이상의 사물을 서로 섞거나 조화시켜 하나로 합한다는 뜻이다. 핵융합도 수소, 중수소, 헬륨 등의 가벼운 몇 개의 원자핵이 서로 융합하여 보다 무거운 하나의 원자핵으로 된다. 이때 엄청난 에너지가 발생한다. 서양 악기 연주에 우리 전통 악기 연주를 보태면 새로운 감동을 빚어내는 것과 마찬가지다. 미래는 융합의 시대로 이 융합을 이해하고 창조적으로 적용하지 못하면 경쟁에 뒤처진다. 알겠냐?

들으며 받아 적고 있었지만 머리가 아팠다.
배에선 쪼르륵 소리가 나고
머릿속엔 학교 앞 참새 떡볶이집만 오락가락 하였다.

멍때리다 딱 걸렸다.
너 융합하면 뭐가 떠오르는지 말해 봐.
난 죽었다.
머릿속에 마악 주문한 라볶이 한 그릇이 김을 모락모락 피워 올리는데

얼결에, 뜻밖에, 나도 모르게 라볶이요 해 버렸다.
교실은 웃음바다가 되었는데 선생님은
오호, 그래 듣고는 있었구나.
전혀 틀리지 않았으니 오늘은 그냥 봐준다. 정신 똑바로 차려.

난 천재다. 다 떡볶이 덕분이다.

아니 라볶이 덕분이다.

오늘 라볶이값은 내가 낸다.

핵융합과 같이 엄청난 에너지가 솟았다.

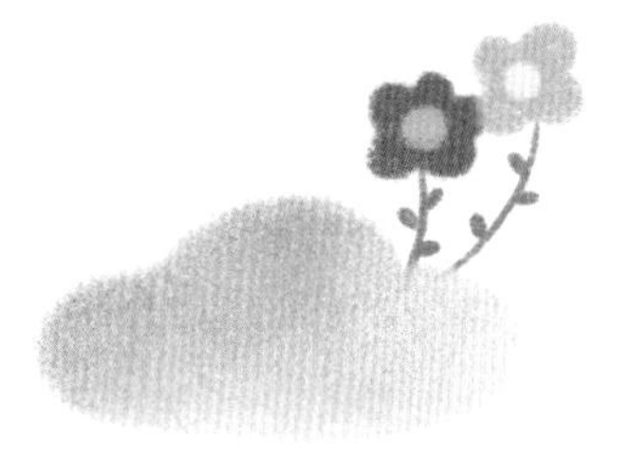